천생 너를 닮은 꽃이다

이 도서는 국립중앙도서관 출판예정도서목록(CIP)은 서지정보유통지원 시스템 홈페이지(http://seoji.nl.go.kr)와 국가자료공동목록시스템(http://www.nl.go.kr/kolisnet)에서 이용하실 수 있습니다.

초판인쇄 2020년 08월 19일
초판발행 2020년 08월 30일

지은이 박가을 윤금아 김연숙 김미옥 신영식 남상헌 박용순
김다현 이정희 곽태희 문태중 오순옥 주애경 최순복

펴낸곳 뜨락에
펴낸이 박가을
주 소 경기도 수원시 권선구 세권로138번길 61 (2층)
전 화 031-223-1880
이메일 kwang6112 @naver.com
디자인 몽디자인

출판등록 제2015-000075호
ISBN 979-11-88839-11-7 03800

값 12,000원

▪잘못된 책은 구입한 서점에서 바꿔드립니다.

천생 너를 닮은 꽃이다

서랍 속에 숨겨 두었던 달콤함

이름을 물어보고 가던 길도 물어봤다.
허허롭게 세월을 두 어깨에 메고서 파란 하늘만 바라봤다.
가로수 옆 플라타너스 너른 이파리가 햇볕을 막아주는 한낮, 잠시 걸음을 멈추었다. 가던 길에 생각을 같이하는 친구를 만났다.
손뼉을 치며 환하게 웃어주는 그들과 함께 사람이 살아가는 방법을 다시 새롭게 찾아 일기를 쓴다.
흔들리는 차창에 비치는 뜨거운 열기보다는 톡, 가을을 탐색하는 뭉게구름들로 둥둥 떠 있다.
화선지 위 몽당연필로 굵게 써놓은 단어에 곱게 채색을 하고 책상 서랍 속에 숨겨 두었던 추억을 하나씩 하나씩 꺼내본다. 참으로 신기롭다. 그 동안 세월은 헐고 낡았지만 손바닥으로 쓱쓱 문지르니 달콤한 속삭임으로 가슴에 콕 박혔다. 어느새 언어가 문자가 되어 너풀거리며 춤을 추기 시작했다.

우리는 어디쯤 걸어가고 있을까?
모두가 덩실거리며 춤판을 벌이기 시작했다. 그것도 여름날 장맛비가 간간이 내리는 중복中伏, 이 더위쯤 시어가 널름 받아 마시고 말았다. 詩를 지도하는 선생은 붉은색으로 밑줄을 그으며 안경 너머로 호탕하게 웃고 있다. 오늘도 내 이름 석자와 그대들 이름 석자를 남기는 숙제를 하고 있다.

첫 『한글문학세계 시인선』을 출간하며
숙녀가 된 이들과 청년을 넘긴 그들과 모두가 같은 길을 향해 걷고 있다.

2020. 7. 여름날

박가을 씀

| 차례 |

천생 너를 닮은 꽃이다

박가을 윤금아
김연숙 김미옥 신영식
남상현 박용순 김다현
이정희 곽태희 문태중
오순옥 주애경 최순복

박가을

*시인. 문학평론가

*(사)한국스토리예술연합회 회장
*안산문인협회 회장 역임
*한국문인협회, 국제펜한국본부 회원
*시가 흐르는 서울, 안산시낭송협회 회장
*뉴스 시선집중, 더스토리방송 대표
*한글문학세계 발행인
*수　상 : 성호문학상. 경기도문학상. 세계스토리문학 대상
경기문학인문학 대상. 안산시문화예술 대상. 법무부장관상 등

*시　집 : 『가을에 만나고 싶은 사람』 외 10권
『천생 너를 닮은 꽃이다』 공저
*저　서 : 『시문학 이론과 실제』

객주 客主

혼자는
사는 것이 아니다
길을 걷다가 돌부리에 툭 하고 넘어졌다
왼쪽 팔목에 인대가 파열
혼자서 걷는 것이 아니다, 졸음을 쫓는
멀건 밤을 뒤적거리며 두 손으로
머리를 쥐 뜯는 후회 이번뿐이면 족했다

걸쭉하게 세상을 배회하다 마지막으로 선택한 길
역시
그 길도 삐뚤어진 세상 길이다
내가 죽었다
내 영혼도 죽었다
빈손인데 빈껍데기인데 요란하게 살았다
그냥 그저 빈 털털이로 가야겠다
내가 무식하다
내가 무식했다
그래서 값없는 시간을 살았다
혼자서는 아무 일 못 할지라도
그것은 술 한 잔이면 족하다
넘치도록 따르라
길바닥에 취해서 넘치도록 따르라
취하면 취하서 비틀거리면
다 잊고 허허로운 세상을 떠나면 되는 거다

초승달

초저녁 활시위가 당겨졌다.
화살촉은
윙윙하고 괴성을 지른다
눈꺼풀 살점이 뚝 하고 떨어져 나갔다

넘어설 수 없는 벽
뾰쪽한 빛은
그냥 걸어서 통과하기에 힘이 부쳐 보인다
단지
아까 쏜 화살촉에 동근 구멍이 났기에
그 안을 흘깃흘깃 훔쳐볼 수가 있었다
아마 짐작으로 도저히 넘어갈 수 없다며 쉿
체념을 한 채 널따란 광장에 대大자로 누워버렸다

해는 이미 중천에 떠 있고
천장에서 빗방울이 얼굴을 적셔주고 있다
젠장
맑은 하늘에 웬 빗방울이야
철커덕 철창문이 육중한 몸채를 드러내며 삐쭉 열렸다
건장한 사내 두명
험상궂다. 아니 험악해 보였다

허릴 비틀고서야 겨우 빠져 나왔다
서툰 통역 솜씨로 몸짓언어를 다 해서
두 녀석을 회유한 덕을 봤다
한쪽 눈이 아직도 아리다
그놈 화살촉이 생채기를 내놨다
뒤를 돌아볼 여유도 없이 달려온 시간 감쪽같다는 찰라

모두가
지나간 것들로 바람처럼 취해버리게 만든다

이때쯤
가슴팍을 열어 젖히고
초승달이 농익은 애교로 달라붙었다
꿈이 현실처럼 다가 오는
그날, 그대는 내 것이 되었다.

첫사랑 그 여자

나는 커피 같은 여자를 사랑했었네
햇볕이 따사로운 가을날
곱게 물든 단풍잎을 닮은 여자를 사랑했지
동네 어귀 종탑이 세워진 교회당
커피 향이 그윽한 낡고 허름한 커피숍
단돈 오백원 커피는
그 여자가 좋아하는 달콤한 속삭임이었다네
나는 이미 그 여자를 사랑하고 있었네
늘 그 자리
둘만이 기댈 수 있는 쬐그만 탁자
삐걱거리는 의자에 앉아
그 여자의 얼굴을 바라볼 때면
이 세상은 다 내 것으로 변해 있었다네
그 누가 그 여자의 미소를 훔쳐 갈까?
초조한 마음으로 눈치를 보다가도
그만 따사로운 마음속에 빠져버리고 말았지!
헤어지기가 못내 아쉬워
그녀가 저만치 사라지는 길모퉁이를 돌아가면
쿵쿵거리는 마음으로 길가를 서성거리며
마냥 콧노래로 사랑 노래 부르고 있었지!
나는 그 예쁜 여자를 사랑하고 있었네
농구장 구석 캠퍼스 벤치
시간 가는 줄 모르며 재잘거렸던 그녀는
자판기 커피는 싱겁다며 바람을 솔솔 뿌려
홀짝홀짝 마시는 소리까지 사랑스러웠다네
국화빵을 좋아하는 여자
더듬이가 붙은 오징어구이를 즐겨 먹던 여자
따끈한 국화빵처럼 달콤한 여자

가끔은 투정 부려서 미웠던 여자
아직도 그 여자를 나는 사랑하고 있다네
음악이 멈출 것 같은 어스름한 저녁
빨간 사과처럼 수줍어하는 얼굴
솜털처럼 예쁜 사랑을 나눴던 여자
나는 그런 그 여자를 사랑하고 있다네
세월이 지난 지금도
환하게 웃음 짓고 있는 그 여자
격이 없어 음악을 좋아하는 여자
솔방울 주워다 호주머니에 살짝 넣어주던 여자
첫사랑 그녀
나는 아직도 그 여자를 사랑하고 있다네.

속빈 강정

기타줄에 날개 달린 음표가
파닥거리며 기름틀 안에서 춤을 추었다
봉긋하게 울렁거리며 세상을 탐하며
번들거리는 두 볼에서 기름때가 흘러내린다

가파른 계단을 수십 번 오르내리며
곁눈질로 발뺌을 했을 그놈 허파
바람이 둥둥 떠다니고 있을 테다
손가락이 부르트고 입술에 물집이 툭 하고
세상 밖으로 뛰쳐 나갈 때 쇳소리가
터진 입술로 벌렁거리며 덤벼들었다

넉살 좋게 말더듬이 말로 연설하고
튕겨 나가는 음색 또한 속이 훤하게 보였던
속빈 강정만도 못한 물렁물렁한
맛이 없다
어쩌다 숨이 깔딱거리는 처자를 보고
덥석 손을 잡아줄 때 허리춤에 감춘
날이 선 칼날을 잽싸게 꺼내 들 줄이야
힐끔거리며 바라보는 것으로 버려야 했다

찬물 한 컵 마신다고 창자가 웃을 일 없고
삐뚤어진 입술만 바람처럼 나불대는 것을
새벽녘에 무릎을 꿇어 그때 빛을 보았다
어찌 이 좋은 세상 허튼춤사위 나풀거릴까?
그 눈을 가려다오
그 입을 막아다오
그 모습도 감춰다오, 그래그래 멈추어라.

휴면계좌

재난지원금을 신청했다. 노력 없이 받은 대가는 달콤한 유혹이라던가. 잔액이 없는 통장에 숫자가 찍힐 것이다. 오래 묵혀두면 이자도 붙어서 꼬릴 흔들며 웃고 있을지도 모른다. 그때쯤이면 거울 앞에서 굵게 패인 세월의 흔적이 늘어나고 웃을 수 있겠지. 볼품없는 인생길 허다한 수식어를 붙여 놓아도 호주머니는 푸른 동전 몇 장뿐이다. 속이 훤히 보이는 투명 인간이 되어 반쪽을 닮은 초승달처럼 서녘에 얼굴을 내밀었다. 어느 때가 되면 서해西海 끝에 매달리고 있을 몰골이 아니던가 재난지원금처럼, 어느 순간 받아쥔 사랑의 흔적, 먼 시간이 흘러서 휴지조각처럼 사무실 구석에 놓여있을 터 큰 글씨를 봐야 읽을 수 있을 때 떨리는 손마디로 주섬주섬 가슴에 달아두고 꺼이꺼이 울고 있을 것이다. 어차피 떠나는 인생길 좋은 시절 고맙고 고맙다 고개를 끄덕이면 홀로이 흡족해야 한다. 문밖을 서성거리며 동전 몇 잎 손안에 받아쥐고 얼굴을 붉히며 웃으면 무엇하겠는가? 몸도 낡고 자존심은 이미 땅바닥에 뿌려졌으니 그 무엇을 기다릴까? 바닥에 누워서 손때 묻은 천장 등불을 친구로 삼는 연습을 해야겠다. 어항 속에 친구처럼 구피가 굶주리지 않도록 먹이도 넣어주며 깨끗하게 물도 바꿔주는 일상을 만들어야 겠다. 정오가 되면 라면 국물에 찬밥을 휘휘 말아서 먹어주면 이 또한 작은 즐거움이더라. 좋은 모습으로 정직한 일상을 즐겨 가던 길을 걷는 일은 허우대 멀쩡한 사내가 해야 할 곧은 길이다. 이제는 두 눈이 불두덩이가 되는 가슴 시린 시간을 만들지 말아야겠다. 아침 조간신문을 넘기는 솜씨로 돋보기를 꺼내 들고 숭숭 뚫린 가슴을 살펴보는 습관은 일과가 되었다. 참, 휴면계좌에 얼마의 흔적으로 곧 찍혀 있을 것이다. 그때 호탕하게 웃어보자.

고독한 연습

아침 출근길
서재에 놓아두었던 시집 한 권
자꾸 눈에 선하다
어디 본 듯 낯익은 모습이었다

외투를 갈아입고 대문 밖을 나서는 순간
곧 후회하는 마음이었지만
이미 엘리베이터가 수직으로 내려앉았다

경칩인데도 쌀쌀하다
몸과 마음이 아직도 겨울을 담아서일까
추리한 내 모습이 짠해 보였다
백미러로 보는 곁길
가던 길 사라지는 듯
돌고 돌아서 낯선 문 앞에 서 있다

입출금 통장을 꺼내어 숫자를 세어본다
입금, 출금이 더 선명해 보였다
저것도 혼자가 아니라 조화가 있는구나
사무실 바닥에 금방 불 지피니
늘 그 자리였다

커피 물을 올려놓고
습관처럼 커피믹스를 타는 솜씨
문득, 고독한 연습을 해본다.

윤금아

*아동문학가. 동화스토리텔러. 시낭송가

*한국문인협회, 수원문인협회, 재능시낭송가협회
*(사)한국스토리예술연합회 수원지부장
*스토리극단 대표, 울타리 동인, 뜨락에 편집장
*수　상 : 성호문학상, 홍완기문학상, 대한민국동화구연가, 도전시낭송가 등

*동시집 : 『벌렁벌렁 고릴라 콧구멍』, 『개구쟁이 구름나라』, 『손가락 열쇠』
*동　화 : 『자봉이의 나눔일기』, 『부릉부릉 제암리로』
*시　집 : 『아버지의 거울』
『천생 너를 닮은 꽃이다』 공저
*이론서 : 『동화구연 참 쉽다』

가슴앓이

아직도
밖은 환한 달빛
낯설기만 한 저녁상 물리고
잘록한 싱크대를 끌어안고 있다

지독한 시간은
꼼짝없이 곁자리에 어슬렁거리고 있다
늦밤까지
철저하게 고독이란 놈 매일 혼자가 되었다

외톨이 병에 걸린
가난한 친구 그 녀석은 벌써
또 다른 별을 품었다고 했다

쓸쓸함이 가득한 방
밤참으로
텁텁한 된장국에 밥 말아 먹고
허기도 못 채운 채
멀건 천장만 쳐다보고 있다

저녁상은 혼자다
마주 보고 있어야 제 맛인데
잠깐 머물다 훌쩍 떠나버린 그 빈자리
이제는 다시 마주할 수가 없다

외톨이별은
혼잣말로 중얼중얼 묻는다
'거기서 뭐해?'
출입문만 삐그덕
바람, 허접하다.

아버지의 가을

햇사과 익어가는 도시의 불빛처럼
이른 새벽 대문 열리는 헛기침 소리는
들꽃 무리 휘감긴 아버지의 가을이다

아무리 세월을 거둬내도
아버지의 굽어진 허리 너머엔
진한 흙냄새가 여전하다

푸르르던 진한 잎사귀
하나, 둘 떨어지면
톡하고 터지는 빠알간 석류알
나의 소박한 꿈도 익어만 간다

곳간 가득 채워 둔
알알이 곡식은
허기를 참고 쌓아 둔 내일이었다

무성한 씨앗으로
출렁이는 너른 들판
고개 숙인 벼 이삭은
문지방에 매달려 그네 타는
구멍 숭숭 뚫린 손때 묻은 밀짚모자다

들꽃 무리 언덕 끝
그때 거기 걸어두고 갔던
볕에 그을린 아버지의 환한 미소가 쓸쓸하다.

남한산성

소나기 휘몰고 간
해 길어진 어느 오후
허름한 여름이 지나가고 있다

골안개
구름처럼 스멀거리며 허물을 벗고 간 자리
골짝마다 어우러진 푸르름이
서너 채 남은 헌 지붕을 추억처럼 붙잡고 있다

어느새
개울물은 진한 흙탕물 소리로 넘치고
외나무다리 외롭게 휘청거리며
구름 싣고 기웃기웃 허둥거리고 있다

소나기 뿌리고 간 자리
발가벗은 산등성엔 짙푸른 노송老松
남한산성 그곳은 한참 여름이다.

부추꽃

마당 한 귀퉁이 돌아선 텃밭엔
가지런하게 모아둔
푸른 꿈들의 무더기

옹기종기 하늘 향해
듬성듬성 웃자란
고달픈 어머니의 한숨 소리

바람은 가늘게 한들거리고
쫑쫑 흐드러진 텃밭의 무리
간밤에
속대 하나 쭈뼛하고 올라온
꽃송이 보송보송 당당하다

팔월의 흰 마디
수줍게 피어 있는
세월 따라 흔들흔들
천생 너를 닮은 꽃이다.

누구냐

짙푸른 잎 새
작은 떨림은
달콤함인가

볕은
멈출 줄 모르고
총알처럼 쏟아 퍼부었다

앙상한 가지 끝
녹색 화채로
노래에 젖고
손끝에서 놀아날 터였다

수박 두 쪽
도톰한 입술처럼
저만치서 다가왔다

무언의 답
뙤약볕 정수리에
곤두서게 하더니
기척도 없이 아침이슬처럼 떠나버렸다

시집 속에 갇힌
말의 조각들은 숨이 막혀
살려달라며 튕겨져 나왔다
그놈 참.

눈빛

가랑비에
옷이 흠뻑 젖었다
표정도
변화된 형상도
마냥 웃고만 있다

시간을 셈하면
입술은 나팔이 될까
기다려본다

처음처럼
저- 저만치 사랑이
그윽한 눈빛으로 걸어오던
그날을 찾으러.

김 연 숙

*시인

*(사)한국문인협회 회원
*울타리 동인
*(사)한국스토리예술연합회 자문위원
*수　상 : 서라벌문예 시 부문 신인상 수상

*시　집 : 『오늘의 기쁨』
『천생 너를 닮은 꽃이다』 공저
*수필집 : 『진흙 속에 핀 꽃』

그 사람이 당신이었음 좋겠습니다

말이 없어도 소식이 없어도
나를 기다려주는
그 사람이 당신이었음 좋겠습니다

나이와는 상관없이
때론 연인같이
때론 친구같이 허물없는 사람

화려한 말이 아니더라도
늘 안부 물어주는
그 사람이 당신이었음 좋겠습니다

가진 것 많지 않아도
커피숍에서
이런 저런 이야기 나눌 줄 아는 사람

멀리서도 가까이
바라보고 지켜보는
그 사람이 당신이었음 좋겠습니다

좋아한다 사랑한다
말은 하지 않아도
내 곁에 머물러 주는 사람

그 사람이 당신이었음 좋겠습니다

찔레꽃은 핍니다

찔레꽃은 봄과 여름사이
들에도 산에도
아무데서나 피는 향기 가득한 꽃입니다

모진 비바람이 불어도
그윽한 향기
여인의 입술처럼 부드럽고

세월은 흘러도
해마다 변함없이
오월이면 찔레꽃은 하얗게 붉게 핍니다

코끝을 스치고 지나가는
독특한 향기
가슴 설레게 하는 찔레꽃

하얀 소복 단장하고
어여쁘게 당차게
순수 자연 꽃으로 다소곳이 핍니다

기다리는 임 그리듯
보고 싶은 임 그리듯
하늘이 무너져도 찔레꽃은 아름답게 핍니다

산에도 들에도.

청산에 오르니 임 생각나더라!

산에도 들에도
풍악을 울리는 봄 소리
청산에 오르니 임 생각나더라!

비탈진 산자락
구슬땀 송골송골
바람 부는 산사 언덕에 올라서니

탁 트인 하늘
뻥 뚫린 가슴
나도 모르게 임 생각나더라!

보기 싫다고
보기 싫다고
사랑 하지 않는 다고 생각했는데

잊으려고 했는데
잊으려고 했는데
어쩌자고 너를 못 잊고 말았네!

미운정도 정이야
미운정도 정이야
봄바람이 들려주는 속삭임 소리

청산에 오르니 임 생각나더라!

앞만 보고 살다 보면

앞만 보고 살다 보면
내 가까이 주워진 행복을 모르고
눈 뜬 장님으로 살 때가 있습니다

남이 가진 것 부러워하고
남이 잘되면 기뻐하지 못하고
자신도 모르게 불만이 많아 질 때가 있습니다

앞만 보고 살다 보면
내 가까운 사람들을 잊고
감사할 줄 모르고 살 때가 있으며

주는 것 없이
미운사람이 있는가 하면
이유 없이
싫어지는 사람이 있을 때가 있습니다

그럴 땐
가슴에 손을 대고
입장을 바꾸어 생각을 해 본다면
생각이 달라질 것입니다

앞만 보고 살다보면
내 가까이 있는 행복도
내가 가진 소중한 소품도
까마득하게 잊고 살 때가 있습니다

오늘을 감사하는 마음으로
내가 살아 있다는 것 하나만으로도
기쁨이라는 걸
느끼지 못할 때가 있습니다

앞만 보고 살다보면……

오월의 꽃은 아름답게 핍니다

이산, 저산.
발길 닿는데 마다
오월의 꽃은 아름답게 핍니다

자연의 섭리로
자연의 순리로
피는 꽃을 어느 누가 탓 하리오

주는 사랑 없어도
받는 사랑 없어도
오월의 꽃은 아름답게 핍니다

쳐다 보는 사람
어루만져 주는 사람
보살펴 주는 사람 없어도

이 세상을 탓하지도 않고
비가 오나 바람이 부나
오월의 꽃은 아름답게 핍니다

밤하늘에 별이 뜨지 않아도
밤하늘에 둥근 달이 뜨지 않아도
아침 해가 뜨지 않아도

오월의 꽃은 찬란하게
오월의 꽃은 황홀하게
오월의 꽃은 아름답게 핍니다

덤으로 받은 선물
우리들 마음에도 살아가는 일상에도
향기로운 예쁜 꽃으로

오월이 떠나기 전에……

아름다운 인연

사랑과 사람사이
믿음과 신뢰로
아름다운 인연은 맺어집니다

언제, 어디서나
치맛자락 스치듯
인연은 누구에게나 주워 질 수 있지만

꽃을 가꾸듯
노력하지 않으면
아름다운 인연으로 머물기 어렵습니다

소중한 인연
거듭나는 인연으로 유지하려면
꾸준한 노력이 필요하고

정성과 사랑
손길이 닿지 않으면
귀하디 귀한 인연도 오래가질 못합니다

향기 나는 꽃에
벌과 나비가 날아오듯
사랑이 있는 곳에 예쁜 꽃도 피듯

인연이란……

김미옥

*시인

*한국다온문예 시 신인상 등단
*전)한국다온문예 사무국장
*한국시사랑문학회 운영이사
*마중물 도서관 민화교실 회원
*안산시낭송협회 기획국장

*시　집 :『천생 너를 닮은 꽃이다』 공저

접시꽃

아침 햇살에 한 뼘
지나는 눈길에 또 한 뼘 자란 키
담을 넘는다

이쁘다
이 말 한마디에 껑충 뛰어 오른 꽃대
꽃망울이 까치발 딛고 연지 바르면

꽃그늘에 선 유월
비단 같은 설렘
주렁주렁 목에 걸었다

장수천의 아침

밤새 내린 강풍 속 빗줄기
냇물이 되었다

뚜우뚜우 나팔꽃들의 노래와
아카시아 향기가 산책길을 앞서면

햇살 가득 물고 헤엄치는 잉어떼
돌다리를 넘쳐흐르는 찌르레기 울음이
물무늬를 그린다

어머니의 삶

젊었을 때 밥그릇 열두 개
밥상에 놓느라 힘들었네
눈뜨면 논으로 밭으로
고단한 하루하루
부뚜막에 앉아 눈물 쏟았지
밥그릇 열두 개 달그락거리던
그때가 좋았네
지금 식탁 위엔 밥그릇 하나
찬보다 더 많은 쓸쓸함은
그 옛날 부뚜막 눈물이 되고
마을회관 들어서면
현관 가득 반기는 신발들
보기만 해도 반가워라

세월

버드나무의 새순을 물고 오는
새소리 같기도 하고
졸졸 흐르는 시냇물이기도 하다

떡갈나무 잎에 숨어서
매미 등에 업혀가는 여름이기도 하고
푸른 퍼머머리를 흔들며
서 있는 가로수이기도 하다

저수지에 빠진 붉은 산 그림자
산등성이를 오르는
시월의 노을처럼 아름답기도 하고

달빛을 타고 내려와
빈 나뭇가지에 앉아있는
첫눈이기도 하고

잠도 안자고 크는 풀처럼
심장 속에서 뛰는 끊임없는
생각이기도 하다

봄이 오는 소리

들리나요
보이나요
호수에 눈 녹는 소리

꽁꽁 언 겨울 밀어내고 올라오는
버들강아지 물오르는 소리

들리나요
보이나요
앞산 진달래 수줍은 미소에
꽃이 되는 내 마음

들리나요
보이나요
봄을 밟고 오는 보드라운 흙의 숨소리

들리나요
보이나요
밭이랑에 아지랑이 꿈꾸는 소리

능소화

소매 끝에 눈물 마를 날 없던
시절 꽃
그리움은 지쳐 눈이 멀었다

구중궁궐 한숨
우물안에서 통곡하고

님일까
버선발로 맞이하니
바람이었네

붉게 핀 소화의 세월
담장 밖으로 나온 그리움이 애절하다

신영식

*동화구연가

*울타리 동인
*스토리극단 단원
*실버합창단 단원
*(사)한국스토리예술연합회 회원
*안산시낭송협회 총무국장
*수 상 : 논개시낭송퍼포먼스대회 대상 팀

*시 집 : 『천생 너를 닮은 꽃이다』 공저

첫 수업

아침 햇살 받으며
두려움과 설렘 가득 안고
또 다른 길을 나섭니다

옷매무새를 여미며
두근거리는 마음
문을 열고
희망의 날개를 펼쳐 봅니다

봄바람 등에 업고
저 푸른 하늘 향해
지난 시간을 담아
오늘도
새로운 길을 따라서 달려갑니다

황홀한 울림

학습을 마치고
홍당무처럼
얼굴이 붉게 달아올랐습니다

쿵쿵
요동치는 울림 속에
어떻게 무엇을 잡을까?

문 뒤에 숨어서
귓가
속삭이던 음성을 들었습니다

어느 날
거울 속에 비치는
한 여인이
또 다른 꿈을 찾아 걸어가고 있습니다.

건조대에 걸린 구슬

밤새 내린 빗방울
건조대에
대롱대롱 옥구슬처럼
매달려 줄을 서 있다

흔들리는 바람에
떨어질까 그만
건조대 붙들고
힘겨운 싸움을 하고 있다

빗방울이
햇살에 비추니
무지개가 피어났고
웃음꽃이 피어났다
화들짝
내 마음도 피어났다.

거울 앞에서

거울 앞에 서 있던
단아했던 그녀
맑고 깨끗했었는데
어디로 사라졌을까?

세월 앞에
가는 기타줄이 그어져 있다
여인으로 살아온 흔적만
여기저기 아우성치고 있다

아스라이 떠오르는 추억은
풋풋했던 젊음과
행복했던 시간
모두 다 사랑이더라

거울 속에 그 여인을
한참 바라보며
혼잣말로
사랑한다, 사랑한다
웃음으로 가득 채우고
잠시 행복을 맛보고 있다

갓바위

팔공산 갓바위 올려다보니
숙연해지는 마음
가슴에 염원을 빌어본다

오르는 사람들
삼삼오오 손을 잡고
이야기꽃을 피우고 있다

묵직한 목탁 소리의 울림
심연까지 울려 퍼진다
그만
숨이 차서 계단에 앉아버렸다

갓바위를 갈 수가 없어
두 손만 모으며
저는 마음만 갑니다

아,
갓바위를 바라보니
한결 마음도 발걸음도 가벼워라.

노을빛

당신의 발걸음이 참 아름답습니다
노을 지는 언덕 위에 꽃구름 담아
황금빛을 바라보니
당신의 뒷모습을 닮았습니다

달도 차면 기운다고 했던가
가을 속에 무르익는 오루처럼
가을에 흠뻑 취해서
인생길 우아하게 만들고 싶습니다

지금도 바라보면
아름다운 시간 놓치고 싶지 않아
가슴속에 설레는
가을 녘
노을빛에 곱게 물들고 싶습니다.

남상헌

*시인. 색소폰 연주자

*㈜범아기전 대표
*서정문학회 고문
*㈔한국스토리예술연합회 고문
*울타리 동인 회장

*시　집 : 『서정문학 동인 6집』
『천생 너를 닮은 꽃이다』 공저

겨울 목련

북풍은 매섭게
마른 가지 끝을 흔든다
허공에 수를 놓은 백로의
춤사위를 기억하는지
심연의 깊은 곳에서 기다리고 있다

님은 먼 곳으로
지구를 한 바퀴 돌아가야 한다며
내려놓은 짐만큼이나
단호한 생각은
가벼워진 나뭇가지 끝 같다

다만,
돌보다 더 단단하게
꿈이 묶여있을 뿐이다

겨우내 추위를 이겨냈던
진솔한 겨울
한줌의 빗살로 앞산
틈새를 조금씩 밀어낸다

화단 앞
목련 겨울은 북풍 칼바람을
자근자근 씹어 계절의 벽을 허문다.

항구의 저녁

솟대 날개 위 석양빛
만선의 깃발이 흔들리며 춤춘다
항구의 불빛
바다의 하루를 끌고 갈 때
도착지를 묻는 기다림은 어떤 무게일까?

삶을 얹어놓은 어부의 고단함이
선술집 굴뚝에서 물씬 피어오른다
바다의 눈썹 해안선은 곡선처럼
여러 가지 무늬로 허기진 하루를 채운다
만선의 웃음과 쓴맛의 울음이 파도에 섞여
하얀 거품으로 내뱉는 한숨 소리만 거칠다

서로가 어루만지는 파도
마주치는 손길마다
선술집 식탁에서 모래알처럼 흩어진다
하루를 풀어놓은 저녁
서로의 무릎들이 또다시
만선으로 돌아올 꿈을 만지작거리고 있다.

식물인간

무표정한 시선
천장에 꽂혀 있다
천장에 써놓은 생각을 읽고 있다
지금은 간병인도 떠났다
어두움만이 보호자가 되어 앉아있다

모기 한 마리 소식 물고 온 듯 다가온다
이번 소식도 따갑지 않다
다만 5% sodium 수액만이
똑똑 그를 위로해 줄 뿐
아직 만나야 할 사람이
끝을 닿아야 할 사람이 있다며
지우지 못한 필연에 입술이 떨리고 있다

커튼 사이로 하현달 내려와
내 가슴에 안긴다
오늘도 무사했느냐고
커튼 사이 창가에 내려와 앉는다.

비운의 팽목항

진도군 입회면 서망향
아이들이 바다에 누워 있다
여기저기 마주친 눈동자
내 아이도 파도에 둥둥 떠다닌다
부러진 날개는 이제 날지 못하고
성난 파도에 물려 허우적거린다
하나, 둘 날카로운 이빨 사이로
비명의 울부짖음이 걸려있다

두 귀에 시린 가슴을 뜯어낸다
아,
성난 파도는 미친 듯 칼춤을 춘다
창자는 비수가 꽂힌 채 무당춤으로 맞선다
이 밤도 불쾌한 듯 취한 석양은
양심 없는 짐승이 되어 물 밑으로 숨어버렸다
이름하여 서망항 팽목항은
아이들이 잠들어 있는 비운의 이름표.

솟대

일몰 석양은 솟대를 향하여
붉은 추억을 덧칠하고 있다
새들은 한결같은 목소리로
고즈넉한 황금빛을 목에다 두른다

은빛 만선의 희열을 꿈꾸듯
새들은 미동도 없이 눈 감고 있다
하지만 나무새들은 끼룩끼룩
파도 반주에 소야곡 합창을 부른다

저 소리를 귀에 담아
낭만을 그리니 별빛이 내려앉는다
거추장스럽던 모습 땅에 묻고
솟대는 하얀 그리움으로
바람, 파도를 벗 삼아 이 밤을 지새운다

광부

저렇게 돌고 있다
광부의 한은 저렇게 부글부글
목까지 차오르고 서러움 멈추지 않는다
아비를 동작동 국군묘지 비석에 꽂아 놓던 날
내 어미는 서글픔을 안고
우리 집 담 넘어 오뉴월 숲 찾아 떠났다

가난은 땅속 깊이 묻히고
광부의 곡괭이는 가슴에 한을 찍어낸다
뚜껑이 열리는 날에는
굳어버린 덩어리로
차갑게 슬픔의 돌이 되었다
바람에 나부끼는 태극기처럼.

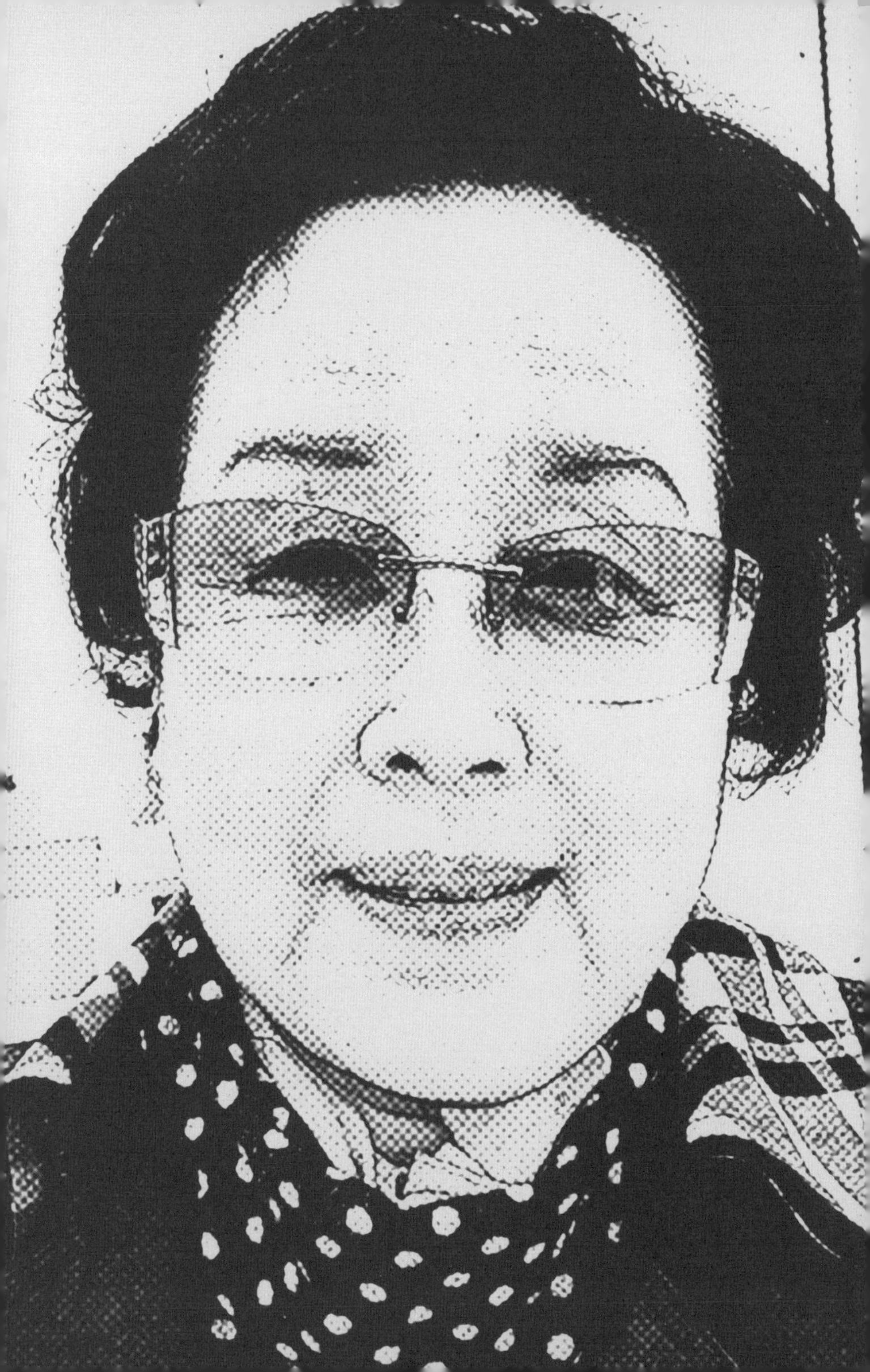

박 용 순

*시인. 동화구연가

*울타리 동인

*스토리극단 단원

*(사)한국스토리예술연합회 회원

*안산시낭송협회 섭외국장

*수　상 : 다온문예 시 부문 신인상

*시집 : 『화려한 외출』

『천생 너를 닮은 꽃이다』 공저

코로나19

햇살 비추는 창가에 앉아
친구들과 수다 떨며 커피 마시던
그날이 그립다

코로나19로
멈춰버린 일상
하루가 기쁘고 고맙던
그 많던 날들이었는데
마음껏 누렸던 시간이
행복인 것을 난 미처 몰랐다.

코로나19야!
제발 좀 날아가 버려라
발걸음은 자꾸 가고 싶어
어쩌나,
그립고 보고 싶다 친구들아.

밤꽃

푸른 산 중턱에
눈이 내리듯
밤꽃이 하얗게 물들었네

나뭇가지 끝에
노랗게 익은 살구
노오란 웃음을 짓고 있다

고즈넉한 산골 운동장
깔깔대며 뛰노는 아이들
저들처럼
아직도 우리
소녀의 감성이 살아 있어 좋구나

봄바람 타고
어깨 너머로
비릿한 밤꽃 향기가
내 콧등을 간지럽힌다

작은 꿈

겨울이 지나면
봄은 다시 오지만
나의 봄은 저만치에
서성거리고 있구나

푸른 꿈 찾아 헤매던 시절
아스라이 멀기만 한데
답답한 이 마음은
무슨 생각이 그리도 많을까?

세월의 흔적
하나 둘 다 버리며
홀연히 작은 꿈을 찾아
그 길로 나는 가야겠다.

잔소리

삼시 세끼 밥하기 싫어
투덜대지만
당신 때문에 할 일이 많구려

운동해라! 운동해라!
그런 잔소리에
잔잔한 호숫가 돌고 있지만
고마운 마음 다잡고 걷고 있다오

칠십 넘은 나이에
이래라저래라 말은 듣지만
입에 쓴게 몸에 약이 된다는 걸
그 깊은 마음을 알고 있소 그려

지금처럼 그대도 건강해서
쓴웃음 바라보며
오래오래 그 잔소리 듣게 해주오

우리가 가는 길
세월을 탓할 순 없어.

봄비

앙상한 가지 끝에
봄비가 흠뻑 내렸다

햇빛에 말린 물방울
수정처럼 반짝거린다

그곳에
예쁜 꽃이 피어
대롱대롱 달린 꽃
맑은 수정 같다.

지리산에서

유평계곡의 별장
어머니 품속처럼 아늑하다
초록이 된 산은
내 마음을 다 가져가 버렸다

흔들 그네에 앉아
누렇게 익어가는 청보리밭
흥얼거리며
가곡 한 소절 부르고 있다

철철철 계곡물에
두 발을 담그면
차가운 기운 온몸을 감싸고
땅거미 질 무렵
개구리 합창 소리가
고요하게 적막을 깨운다.

김 다 현

*시인. 시낭송가

*국보문학 시부문 신인상 등단
*현대시인협회 시낭송회위원
*아태문학 이사
*인성교육및 마음치유강사
*수　상 : 전국 시낭송대회 금상,전국시조시낭송대회 금상

*시　집 :『천생 너를 닮은 꽃이다』 공저

그 자리

저 산은
늘 그 자리건만
흰 구름 먹구름 스스로
노닐다 가는구나!

삼라만상 허공계가
두루 펼쳐진 터인데
어리석은 세상 사람들은
어디 자리 찾아 헤매이다
허송세월로 나부끼는가

인생사 그 무엇도
머묾이 없거늘…
구름같이 바람같이
물결 따라 흐르는
그 자리에서

목마른 인생사
새옹지마라 했던가
처마 끝에 울리는
풍경소리

잠들지 않는 상념들은
점점 깊어가고
길지도 많지도 않은
시간 속에서 허덕이다
한 숨 고르고 보니
인생사 일장춘몽이로구나

여보게
한바탕 춤사위 펴시게나

기다리는 여심

저 산 너머에
넘실넘실 봄이 오듯
당신은 언제까지
기다리면 내게 오실 건가요

성근 가지에 내려앉은 햇살이
유난히도 눈부신데
연 가지 마디에 돋을 꽃잎 눈
소소리바람에 화들짝 놀라
부르르 떨며 숨죽입니다

채 피우지 못한 마음의 꽃밭에서
영혼의 창문을 활짝 열어
삶의 날갯짓으로 몸부림칠 때면
꽃이 진다고 당신을 잊은 적 없듯이

내 안에 당신이 가장 빛나고
가장 뜨거운 심장이 사랑이었음을
이제는...
이제는 알 것 같기에

오늘도 나는
당신의 모든 것을 사랑하겠다며
먼 산바라기로 벙어리 우체통 앞에
매일 새로운 하루를 또 접을 것 같습니다.

사랑의 연습이 있었더라면

사랑의 연습이 있었더라면
한 사람의 심장을 불태워
퍼내어도 마르지 않는 사랑
쪽빛 하늘 가득 채울 것만 같습니다

사랑의 연습이 있었더라면
활짝 열어 놓은 내 가슴 반쪽에
간이역 하나쯤 만들어 놓고
날마다 그대를 마중 나설 것 같습니다

사랑의 연습이 있었더라면
중독되지 않는 행복으로
그대 가슴안에서 잊히는 그날까지
아름다운 사랑으로 남고 싶습니다

꽃보다 더 붉고 진한사랑 이여도
모든 것이 순간이고
모든 것이 찰라라 할지라도
슬픔과 설음에 빠질 일이란
도무지 없다 합니다.

인생무상

조용히 비가 내리면
빗줄기 사이 사이로
묻어나는 그리움 하나가

달곰한 숨 고르기에 한 몫으로 좋을
나지막한 음률까지 더해지면
그리움이 쌓인다

속삭이듯 들려오는 빗소리에
가만히 귀 기울이면 삶의 격랑을 딛고
일어서라는 작은 외침인 듯 가슴앓이다

흐르고 머무는 모든 것들은 무심한
속세의 한 생이 부질없다 뉘라 알까 마는
향유마저 사치스런 몸짓이 부끄러워
잠시 눈을 감는다

빗방울 후드득 떨어져 땅바닥에
부닥치는 순간 사방천지로 흩어져 흔적을
남기지 않는 빗물도 흐르고 흐를 뿐이다

애당초 빈손으로 와서 빈손으로 가야 할
귀로에 나 없음은 흩어진 내 영혼 또한
머뭄이 없음이라 하리

천년의 사랑

내 삶의 버팀목이 되어주는 당신
백 년도 못 사는 인생이라지만
더 사랑하지 못해 아파하지 않을
영겁의 사랑으로 피어나고 싶다

태초에 숨결이 내 곁에서 멀어져
바람결에 묻힌다 해도
오롯한 그리움이 쌓이고 쌓여
천만 송이 꽃이 필 때까지
당신만을 그리며 사랑하고 싶다

시간의 흐름에 따라
이마에 주름지고 검은 머리
백발 되어 섬섬옥수 거칠어도
당신과 맞잡은 손
하늘 끝 닿을 때까지 사랑하고 싶다

먼 훗날 세월이 흘러
내 눈물 한 조각의 기도가
천년의 사랑을 다 해 사랑하며 살다가
가슴에 묻고 가고 싶은 사람은
바로 천년의 사랑 당신입니다.

멀고도 가까운 그곳에

어느 날 불현듯 그리움 밀려와
눈시울 붉어질 때면
아주 멀고도 가까운 그곳에서
금세 눈앞에 다가서는 임이 있습니다

이제는 불러도 들을 수 없는 대답이지만
흰서리 한 줌 얹고 안간힘으로 들숨 하나
날숨 되지 못한 이별로
손에 닿을 수 없는 까닭에
더욱더 그립고 아름다운가 봅니다

황혼의 문턱을 넘어 살다 가신 구십 고개
하루도 빠짐없이 잊힌 시간을 회상하며
유수와 같은 시간의 속도가
무섭게 느껴지는 내 속을 보면

나도 멀리 바라볼 줄 아는
나이가 익어가는지 침침해진 눈을
자꾸만 끔벅거립니다.

이정희

*동화구연가. 아름다운 이야기 할머니

*울타리 동인

*스토리극단 단원

*실버합창단 단원

*안산시낭송협회 총무부장

*시　집 :『천생 너를 닮은 꽃이다』 공저

봄날

봄비 내린 날
살랑거리는 바람에
흔들리는 연둣빛 이파리
앞마당엔 무지갯빛이
꽃 잔치를 벌이고 있다

여고시절 수업시간
선생님 말씀은 들리지 않고
마음은 이미
봄날 창 문밖에선
어서어서 나오라며 손짓하고 있다

지금도
봄비 내리는 날은
꽃바람처럼
소녀가 되어 환하게 미소 짓는다.

고향집

집 앞마당엔
작은 돌로 쌓은
예쁜 화단이 있었다

화단 옆에 채송화가
보글보글 피어 있고
붉은 봉숭아도 피었다

백일 동안만 핀다는 백일홍
단아한 백합꽃
어린 싹은 나물로 먹었지
키 큰 노란 꽃도 피었다

유난히 꽃을
좋아하시던 아버지가
정성스럽게 가꾼
손때 묻은 꽃밭이다

마당으로 나오면
동네가 한 눈에 보이는
작고 예쁜 언덕의 집
유월이면 더욱 그리워지는
꽃밭에 꽃이 만발한
내 고향 나의 집.

동행

유년 시절
단짝으로 너만 있으면
좋았다

여고 시절
내 짝이 될 너 하나만 있으면
좋겠다고 했다

중년이 되어 집안일 하며
곁가지들 푸르게 키워
보금자리를 찾아
하나 둘 떠나보냈다

실버합창단 단원이 되어
노래를 잘 부르는
아름답고 건강한 그녀와
내 곁에 좋은 친구가 되었다

흘러가는 세월 따라
모난 모서리를 둥글게
다듬어가며 허허실실
그녀와 달콤한 시간
지금
행복한 동행을 하고 있다

동반자

떨어지는 낙엽을
보면서
우수에 잠기던 때
한 곳을
아랑곳없이
빠져들던 그때 그 시절

어느 여름날
원두막에서
낯선 남자는 단내 나는
예쁜 참외를 건넸다

아버지를 일찍 여의고
감시자 오빠 틈으로
그 감시를 틈타
노란 참외와 사랑에
빠졌다

거센 세파 넘나들며
둥근공이 되어
둘이 걸어갈 수 있는
듬직한 사내는
주먹만 한 참외를
깎아 주며
참 달지요 하고 웃었다.

곽태희

*동화구연가. 서각 작가

*고려영·수학원 원장
*울타리 동인
*서각 작품 단체전시회
*안산시낭송협회 부회장

*시　집 :『천생 너를 닮은 꽃이다』공저

남겨진 시간

당신이 두고 간 계절이
내겐 한 겁인 양 헬 수도 없는 시간입니다
일상을 잃어버린 채
간간이 호흡만 할 수 있었던 순간들
이제 당신을 온전히
내 것이 아닌 것으로 기억하기로 합니다

어쩌다 주말이 오면
막걸리 사랑이었던 당신에
눅눅한 노래와 넉넉한 웃음을 곁에다 두곤 합니다

어느 하루 곱디고운
망각의 조각보로 겹겹이 여미어 두었다 꺼내어
그리다 올려다본 하늘이 뿌옇게 흐려져옵니다

눈길 두는 곳곳이 당신입니다
토해내지 못하는 그리움
꺼억꺼억 차오르는 휴화산입니다.

봄의 유혹

시리도록 햇살 부서지는 날
쏟아지는 볕에
거실 한 편은 민낯이 드러나고
지난 세월의 흔적도 선명하다

화장을 연거푸 덧바르고
찔레를 베인 입술은
살짝 짙어가고
원색의 옷으로 갈아입고 있다

익숙한 또 다른 엄마의 모습
거울 속에 들어앉아
설레는 봄 내음 같이
나를 닮아 가고 있다

오월의
따사로운 볕은
바람에 실려 흘러가고
중년의 소녀는
봄바람에 유혹을 당하고 있다.

천사 같은 사람

잘 정돈된 서재
빼꼼 열린 문틈으로
그가 없다.
아침 인사를 건넨다

어느 날부터
늦잠꾸러기 그는
세 끼를 밖에서 해결하는
세상에서 가장 듬직한 내 짝이 되었다

삼십 년이 한결같아서
무던함이 좋았고
때론 그 변함없는 답답함이
날 잡아 두었던 사람이다

고독과 헤진 삶으로
힘겹기만 했던 기억
저 너머로 떠난 시간을
그는 늘 그 자리에서
내 바다의 등대가 되었다

그 눈빛 그대로
봄날 만개한 벚꽃처럼
짙은 낙엽 쌓인 가을날처럼
추운 겨울 함박눈 내리듯이
한결같은 마음
아,
그런 당신은
당신은 날개 없는 천사입니다.

이렇게 비가 내리면

- 하늘에 계신 오빠 생각 -

가슴에 그리움의 무게가
바위처럼 가슴에 얹혀 있어
지금도 먹먹하기만 합니다

어쩌면 당신을 볼 수 있을까요?
텅 빈 하늘을 올려다보며
스치는 바람 따라서 가 봅니다

눈가에 그리움이 낙화처럼
그냥 뚝뚝 떨어지는 날
볼 수 없기에 눈을 감아 버립니다

이렇게 비가 내리는 날
녹두전에 막걸리 벗 삼던 당신
흥얼거렸던 노랫가락이 썰물처럼 떠나갑니다

주말이면 수화기 너머시 들려오던
취기에 잠긴 목소리
들리는 듯 들리는 듯
사무치는 그리움만 더해지고 맙니다

오늘은 당신이 건네준
손때 묻은
접시꽃을 꺼내어 보며
당신의 환한 미소를 떠올려 봅니다.

세상살이

널브러진 나만의 생각
실타래처럼 얽혀 버렸다
착각은
여지없이 일치되어
잠시, 혼돈의 시간이다

눈을 감아도 답답함은
풍선처럼 부풀어 오르고
상상은
시계 초침 소리로 선명하다

담아두고 접어두고
잠시 잊어버려야만
더 시끌시끌하지 않을 것 같다
내 방식으로 심호흡하며
뜬눈으로 새벽녘을 맞고 있다

돌다가 또 그 자리
알면서도 눈감아주고
처음 듣는 척 다시 들어주면
어제 같은 오늘로 다가오는 세상이다.

값없는 이유

왜 이제야 알았을까?
그때 알았다면 아파하지 않았을 것을

가슴 깊이 쌓아 놓아도
이리도 삼키기가 힘들었는데
기억 밖으로 빠져나오듯이
지우며 남기지 않으려 했던 그날

그저 흘러가게 내버려 두면
흔적조차 없어지고 사라지는 것을
문득, 그 어디에 묻어있을까 싶어
그 마음을 헤아려 본다

아,
아픈 기억의 일기장
그날은
쓴웃음 하나를 놓고 가버렸다.

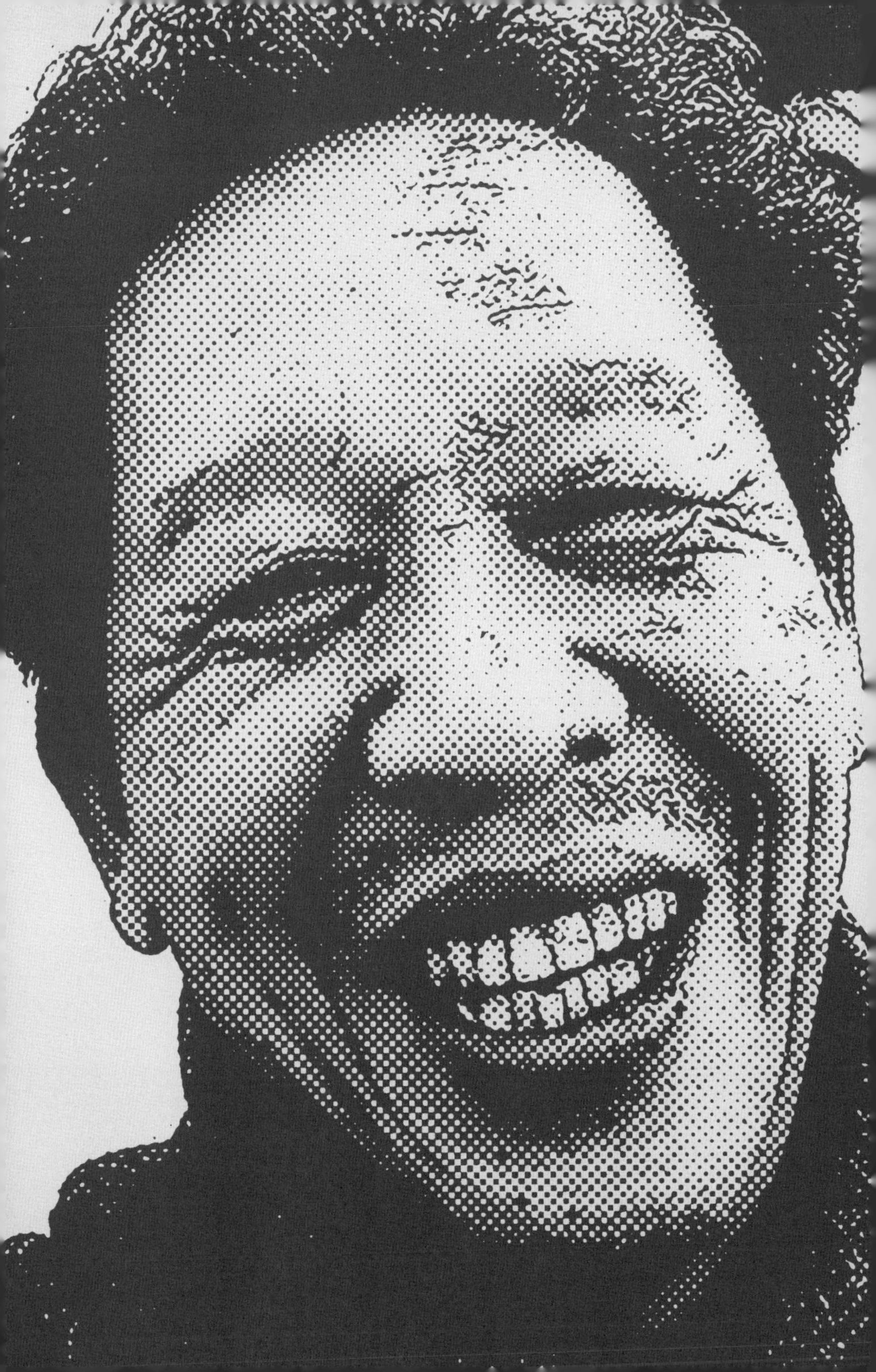

문태중

*지석우레탄 대표

*(사)한국스토리예술연합회 자문위원

*안산시낭송협회 자문위원

*울타리 동인

*시　집 :『천생 너를 닮은 꽃이다』 공저

아낌없이 주는 나무

나는 지금 달리고 있다
아침 밝은 햇살을 받으며
거센 비바람에도 달린다
눈보라 닥쳐도 나는 달린다

햇살 따사롭게 내리쬐면 열매를 따고
비오는 날엔 물고기를 낚으며
눈오는 날엔 눈사람을 만든다

나는 가족의 뿌리 깊은 나무다
어깨가 버거워도 미소의 땀방울
이제 어깨가 눌려와 지쳐가고 있다
어여쁜 아이들은 무정하다
더 가지려 작은 손 내밀고
아내는 해바라기처럼 바라기다

나는 달려야 한다
언제까지일지는 모르겠지만 달려가야 한다
두 어깨가 무거워 일어설 수 없을 그때
나는
저들의 쉼터가 되는 그루터기가 되겠지.

푸른 오월답게

거리의 가로수는 푸르름이 더하고
꽃은
짙은 향기로 화려하게 만발했습니다

줄 수 있는 건 마음밖에 없고
나눌 수 있음은 생각뿐 이지만
가슴으로 느낄 수 있는 정 하나
간직할 수 있는 것은 사랑입니다

잿빛 하늘아래
봄의 속삭임 들을 수 있어
가슴에 작은 봄 같은 산이 있음입니다

오월은
푸른 잎새처럼.

절기

햇살에 입맞춤하고
계절마다
이끌어가는 세월 속에
작게 피어나는 꽃
바람과 비
구름을 맞는다

길게 떠나는 시간
손끝으로 부르면
나는 너를
곁눈으로 쳐다본다

휴,
한숨소리에 미소가 머물고
손끝에 닿지 않는 시간
간절한
내 마음은 또 한 절기를 보내고 있다

공간 속

행복한 길을 걷는 사람이 있습니다
어두운 골방에 전등불도 없이
눈을 감고 두 손을 모으고
혼자서 말을 건네고 있습니다

하얀 하늘을 머릿속에 띄우고
그 속을 한없이 들여다봅니다
행복한 길에
손잡아주는 이도 손짓하는 이도
다만 그 문을 향해
아주 천천히 다가갑니다

그 문을 누가 열어줄까?
닫힌 문을 열 수 있을까?
그의 엷은 미소로는 알 수가 없다

그냥 손끝에 작은 떨림만.

오늘

맑은 공기를 마시며
길을 나선다
햇살 타고 부는 바람은
코끝을 적시고
입가에 미소도 적신다

나를 기다리는 그녀
고운 머리 샴푸향 풍기는
긴 머리 찰랑대는 누구일까

해맑은 미소
손 흔들어 주는 그는 누구일까
금테안경 지그시 눌러쓰고
길을 걷고 도로를 달려도
기다림은 늘 설레게 한다

높은 나무 위 까치 소리
고개 들어 인사하고
노을이 지면
온몸의 말과 몸짓으로
오늘을 부탁하며 겸손을 말한다

오늘이 내일을 기다리는 오늘이라고.

초원의 꿈

높은 산 구름에서 내려앉은
물 한방울
나뭇가지에 잠시 머문다

바위에 부딪히고
햇살 밝은 계곡으로 내려와
친구가 되어서 어울려 흐른다
어디로 가는지 작은 물살은
이리저리 휘몰려
소용돌이에 제 몸을 추스린다
너른 초원은 꽃과 초록이
고개 들어 살며시 눈을 감는다

벌과 나비
풀벌레 소리에 눈을 뜨니
초원에
숨어 있는 나를 찾고 있다.

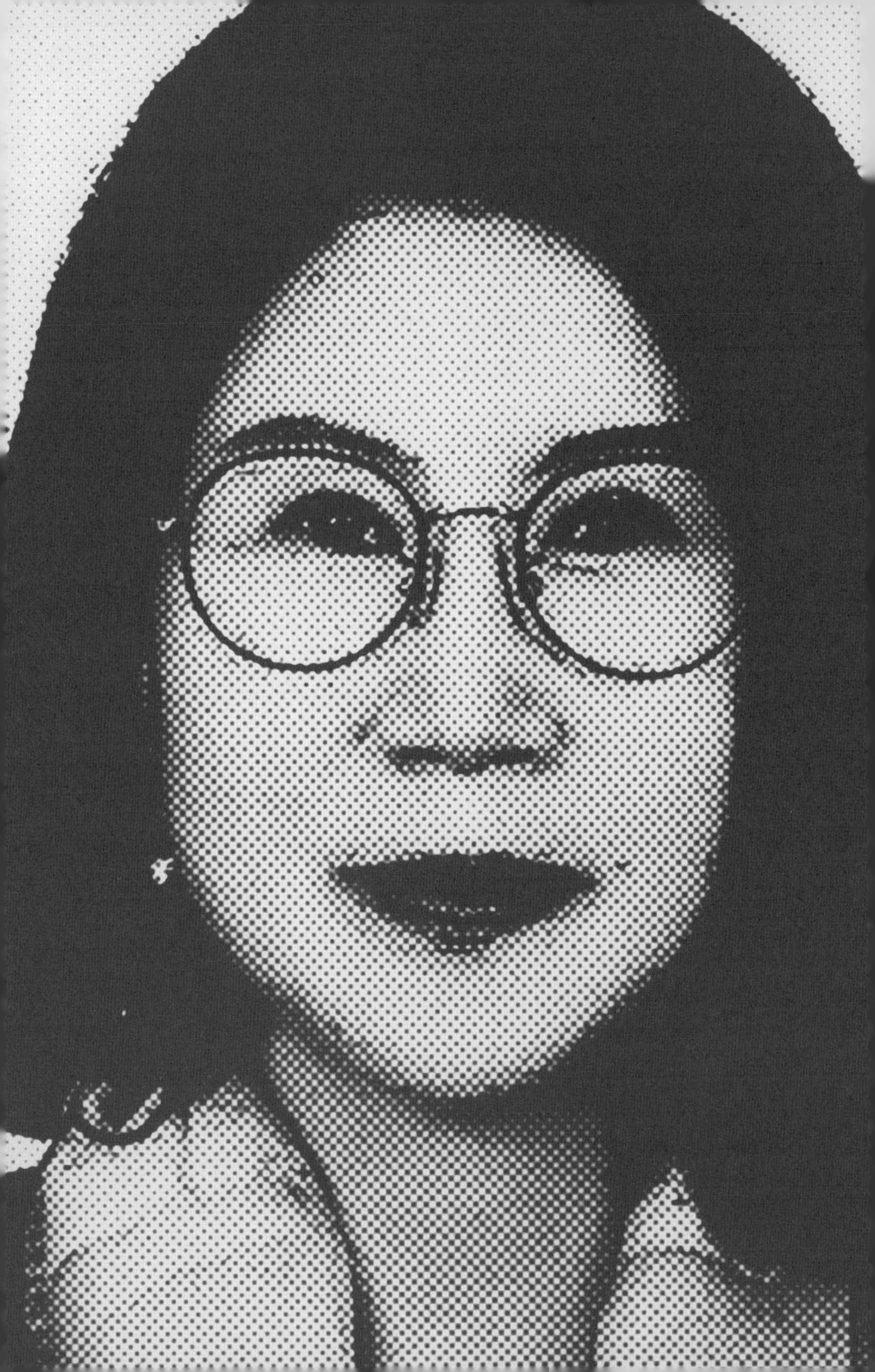

오순옥

*시인. 시낭송가

*제28호 동인문집『내 마음의 숲』자문위원
*수향회 회원
*(사)한국국보문인협회 감사
*안산시낭송협회 사무국장
*울타리 동인
*수 상 : 국보문학 시·수필 부문 신인상, 제2회 김어수문학상

*시 집 :『천생 너를 닮은 꽃이다』공저

여름수박

파랗게
공 모양을 하고
햇살밭에
토실토실 잘도 익어간다

몸뚱이 두리뭉실
산달 같다
반쪽 갈라보면 연홍빛
초콜릿이 듬성듬성
침샘이 고인다

한입 베어 물면
어느덧 더위는
눈 녹듯 사라지고
붉은 속살
달콤한 맛에
여름은
저만큼 물러간다.

꽃길

사뿐
걷는 길에는
예쁜 그리움이 있다

아름다운 미소로
걷는 길에는
사랑이 있지만

둘이 아닌 셋이
걷는 길에는
우정이 있다

모두가 함께
걷는 길에는
나눔이 있다

그대와 걷는 길은
어느 길이든
행복하지
않는 길이 없다.

비 갠 날의 접시꽃

비가 개인
탄천 길
길쭉한 몸뚱이에
칸칸이 매달린 접시꽃

어쩜 저리도 이쁜지
지켜보니
노을도 놀라 달아난다

어둠이 내리고
산 그림자가 등을 돌려도
초연하게 밤을 지새우고 있다

내일이 오면
또다시
단아한 모습
볼 수 있을까

햇살밭에
흐드러진 꽃잎

향기에 감전되어
그대와
꽃차 한 잔 나누고 싶다.

아버지

오늘은 식목일
아버지 나무를
심고 싶다

당신이 보고 싶을 땐
푸른 가지 잎을 보며
그리움을 삼킬 수 있는
나무였으면 좋겠다

당신을
그리워하듯
1년이 되고 2년이 되고
세월이 흘러 흘러서
바람과 구름
새소리에
푸른숲이 되어갈
아버지 나무

내가 심은 한 그루
늘 바라볼 수 있어
오늘도
발길을 옮겨본다

아버지는 언제나
큰 바다와 큰 산이었다.

칠석정 꽃

꽃다운 청춘을 불사르듯이
껑뚱하게 컥 다리가 되어
허리가 굽도록 기다랗게 뻗고
멈출 줄 모르더니

어느 날 젖몽이가 생겨
아름다운 모습으로
곱게 피어나
하루하루 탐스럽게 뽐내는 구나

햇살을 벗 삼아 익어만 가더니
어느날 고왔던 모습은 어디 가고
꼬부랑 할머니가 되어
머리카락 허옇게
빛바랜 쪽 머리를 하고
인생의 허무길을 달리는구나

모든 사물들도
세월을 비켜 갈 수가 없구나
바람따라 구름따라
덧없이 흘러가는 세월
잡을 수만 있다면
금빛 추억 속에 살고 싶은데

저 칠석정 꽃처럼 쪽 머리
은빛 머리카락 되어
한 줌의 흙으로 돌아가는
우리도
허무한 생을 마감하겠지.

어머니의 손맛

어머니의 손맛은 그 무엇과도 바꿀 수가 없다

어느 날 문득 고등어자반 구이가 먹고싶었다

추억을 더듬어
고등어 한 손 받아서
냄비에 감자와 무우를 깔고
양념장을 만들어
조림을 해 본다

아무리 양념을 넣고
조림을 해도
어머니처럼 깊은 맛이
나질 않는다

보기엔 색깔도 좋고 그럴싸한데
어릴적 아궁이 앞에서
불씨를 걷어내어
연기가 앞을 가려도
눈 비비시며 구멍 난 석쇠에
구워주시던 자반 고등어
정성스럽게 상위에 올려주셨다

-야들아, 맛있게들 먹거라 잉.

오남매가 옹기종기
둘러앉아
따끈한 밥 한술에
고등어 한 점 척 얹혀서
맛있다고 먹는다

그때 그 시절
그 맛을 잊을 수가 없다

추억을 되네이며
엄마 사랑이 그리워지는 딸은
어머니가 보고 싶다

엄마,
엄마,
엄마,

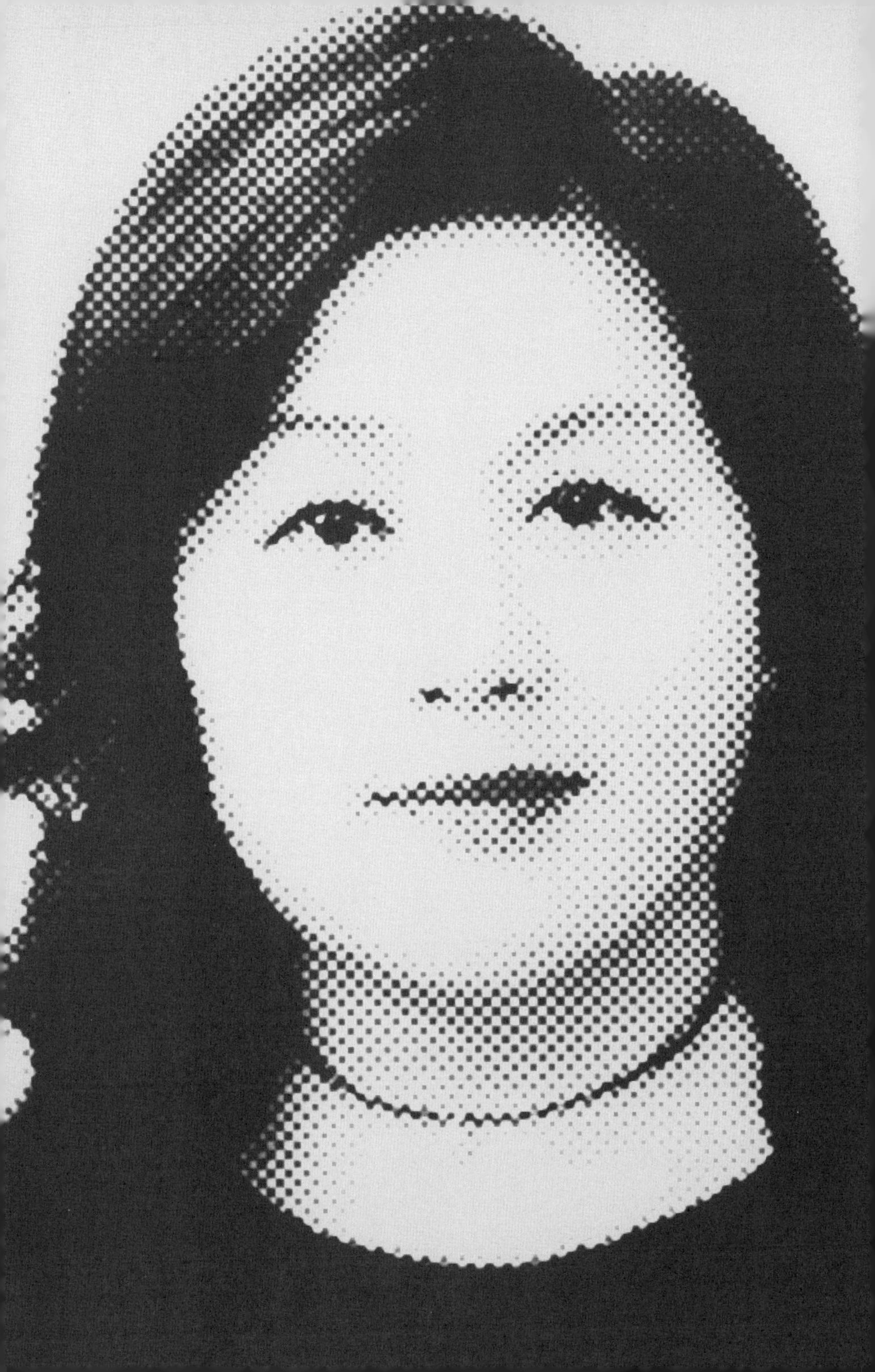

주애경

*시인. 시낭송가

*안산시낭송협회 부회장
*안산문인협회 회원
*영광굴비 홍보대사
*애경쥬얼리 대표
*수　상 : 청일문학 시부문 신인상

*시　집 : 『천생 너를 닮은 꽃이다』 공저

사진과 나

한 잔의 커피에도
바람 한 점에도
흔들리는 내 마음과
온갖 아름다움을
찍어보는 나

좋아하고 사랑한다는 것
시가 있어 행복하고
사진이 있어 기쁜 나

오늘도 여러 장의 작품을
남기며 내 가슴에
깊이깊이
한 장의 사진으로 흔적을
남기는 나
그래서 행복한 나
이런 나를 사랑하는 나

아카시아 꽃

신기한 만남
나의 정원에서 마주친 순간
가슴이 덜컥했다

어릴 적 추억을 소환 해 준
푸른 잎의 아카시아
부채 모양을 한 붉은 색과 흰색
고운 향기 아름답게 펼쳐진 곳

일요일 아침
나의 정원에서 만난 너
너의 그늘 아래 벤치에 앉아
도취한 마음 적어본다

은은한 향기
짹짹 깍깍 울며 웃으며
아침을 여는 새들의 소리
작은 새도 큰 새도
친구가 되면 같이 날개 짓 하며
날아간다

시원한 바람에 흔들리는 초목
내 마음은 꽃에 앉아 흔들거리고
아카시아 꽃그늘에 앉아
마음을 잠시 놓고 고요에 빠져본다

하얀 겨울

누구나 지나간 시간
추억을 그리워 하는 법
꽃이 피자 하얀 겨울이
생각나는 밤이다

봄이 가면 여름오고
여름가면 가을 오는
자연의 섭리

아무도 밟지 않는 하얀 길에
발자국 내며 뛰놀았던 추억
누구에게나 있겠지만

어릴 적 추운겨울
외가댁을 자주 오가던
그때가 유독 그리운
밤이다

선과 선 사이에 걸린 노을

살아가는 동안
필요한 그것

오늘 지는 노을 찍다가
선과 선 사이에 걸린 해를
포착한 순간의 절묘함

친한 사람일수록 약간의
거리가 필요한 것을
나는 왜 무시했는지
좋다 싫다 그냥 가는 삶이 아닌
적절한 거리감 선을 유지하는
필요한 거리

나를 위해 선을 중시하며
알맞은 속도와 거리를
유지해야겠다.

정지된 시간

그랬다
생각이 사라진 시간
멍하다는 표현이 맞을 수도 있겠다

이상하리만치 기분이 느껴지지 않고
아무 맛도 느낄 수 없는 그런 잠깐의
시간 앞에 잠시 나는 길을 잃었다

어디로 가야할지 앞이 보이지 않아
헤메이 듯 길을 잃어 어둠속에 갇힌 나
잠시 멈추고 돌아 돌아서 나의 길을
찾아야겠다.

시가 있어 좋다

마음이 왠지 우울해지면
한 편의 시를 써본다
나의 심정을 오롯이 펜
하나에 의지하며 몇 줄의
글로 위로해본다

시를 써 내려가면 마음은
가벼워지고 편안해 날아갈 듯하다
시를 쓰는 시인이 맞나보다
시가 있어 행복한 나
시라면 나의 모든 것을 주어도
아깝지 않으리.

최순복

*시인. 동화구연가

*울타리 동인

*스토리극단 단원

*(사)한국스토리예술연합회 회원

*시　집: 『꽃을 찾아 날아드는 나비처럼』
『천생 너를 닮은 꽃이다』 공저

기다려지는 목요일

나는
목요일이 기다려진다
감성과 용기를 주는 저 목소리
흥겹고 행복하다
어린 영혼의 세계를
닮기 위한 우리는
새로운 노래를 준비한다

서로 다른 모습
서로 다른 색깔을 가진 우리
같은 것 하나는
눈가에 잡힌 흔적이다
나는 이 친구들을 사랑한다
내 마지막 가는 길에
저들과 동행이 될 것이다

목요일에 만나는 친구들
통조림의 유통기한을
뚝 떼어 버린 후
꾹꾹 눌러 담고 싶다

먼 훗날
천 년을 늙어도 가락을 지닌다는
오동나무 밑에 앉아
그 시간을 열어보면서
나는 말 하리다
당신이 있어 즐거웠고
당신들이 있어 행복했다고

태풍

해마다
찾아드는 폭군

위풍당당
호통치네

깨어있으라고